GELUK VOOR KINDEREN

10 只鸟的
积极心理学

[比]李奥·波曼斯 (Leo Bormans) 著
[比]塞巴斯蒂安·范多尼克 (Sebastiaan Van Doninck) 绘
孙远 译

华夏出版社
HUAXIA PUBLISHING HOUSE

图书在版编目（CIP）数据

10 只鸟的积极心理学 /(比) 李奥·波曼斯著；(比) 塞巴斯蒂安·范多尼克绘；孙远
译. —北京：华夏出版社有限公司, 2020.7
ISBN 978-7-5080-9859-3

Ⅰ. ①1… Ⅱ. ①李… ②塞… ③孙… Ⅲ. ①儿童故事—图画故事—比利时—现代
Ⅳ. ①I564.85

中国版本图书馆 CIP 数据核字（2019）第 211905 号

10 只鸟的积极心理学

作　　者　[比] 李奥·波曼斯
绘　　画　[比] 塞巴斯蒂安·范多尼克
译　　者　孙　远
责任编辑　王凤梅　刘　洋
责任印制　刘　洋

出版发行　华夏出版社有限公司
经　　销　新华书店
印　　刷　北京博海升彩色印刷有限公司
装　　订　北京博海升彩色印刷有限公司
版　　次　2020 年 7 月北京第 1 版　　2020 年 7 月北京第 1 次印刷
开　　本　787×1092　1/8 开
印　　张　8
字　　数　40 千字
定　　价　138.00 元

华夏出版社有限公司　　地址：北京市东直门外香河园北里 4 号　　邮编：100028
　　　　　　　　　　　　网址：www.hxph.com.cn　电话：（010）64663331（转）
若发现本版图书有印装质量问题，请与我社营销中心联系调换。

　　从前，我听一位爷爷说："我有五个孙女，其中一个刚出生就失明了，然而，我最喜欢的就是她。每次跟她去散步，我都会看到更多的东西，听到更多的声音。她是我们一家人的宝贝，就像一颗名贵的珍珠。"

　　除了这位爷爷，这本书还要献给那些敢于追求梦想、努力实现目标的人，以及受这些人影响的孩子们。

　　在这里，我要感谢我的父母、家人和朋友一直以来对我的支持，感谢我的孩子一直鼓励我给他们讲故事，感谢爷爷教我认识了这么多的鸟儿。

李奥·波曼斯

寻找幸福的奇特的鸟儿

幸福不会从天而降，这样的生活态度教给我们很多东西——乐观面对每一天，保持良好的状态，为自己设立一个个目标并努力实现它们，寻找生活的意义，磨炼毅力，学会和他人相处，做出正确的选择。生活环境只决定了人能否幸福的一小部分，相比之下，积极的态度和世界观更加重要，这其中很大一部分是由父母和身边的人决定的，比如他们为你树立的榜样以及父母的教育方式。你知道吗，世界上的每个人都可以变得开放一点、乐观一点、幸福一点。

当然了，每个人都有伤心的时候。你不会每天都那么幸福快乐，生活也不会一帆风顺，这很公平，对大人和小孩来说是一样的。然而，你只要努力变得积极一点、乐观一点，并且把这种生活态度传递给你的家人、朋友、孩子、孩子的孩子，每个人的生活就会变得更加美好。不知不觉地，你就为共建一个温暖的社会做出了贡献。

这本书以积极心理学的科学视角和国际畅销书《幸福的世界之书》*The World Book of Happiness* 为依托，作者雷欧·波曼斯作为"幸福和生活质量大使"，带着一个鼓舞人心的任务环游世界。这本书里的十个关键词源于伦敦经济学院理查德·来亚德教授的研究及其作品《幸福行动》*Acfion for Happiness*。在此，我要对他表示深深的感谢！他用的词是"伟大的梦想"，而我们把它翻译成了：梦想幸福小课堂。这个简短的词组阐明了幸福的起点。更多信息请参考以下网站：www.actionforhappiness.org。

请多花些时间来给孩子讲讲这本书里的故事，和他们一起看插图，一起展开讨论，张开双臂迎接惊喜。每个故事后面的问题不是用来测试的，而是为了引导家长与孩子进行一场温暖的对话。在十个问题中，五个跟故事的内容有关，另外五个跟故事的话题有关。请仔细听孩子们发表的观点，平静地给他们讲讲你的见解。在每个故事后面还有两个小建议，有助于家长和孩子共同完成任务。

书里的十个故事之间并没有什么关联，却共同筑造了一个奇特的世界。故事的主角都是拟人化了的小鸟，它们共同生活在一个多元化、全球化和充满尊重的世界里。每个故事里的小鸟都不同，读者们每回都能学到一点新知识。故事里面的小鸟以其自身的特点扮演了重要的角色，家长可以和孩子们一起讨论这些特点，让孩子们轻松地把现实和想象的世界联系起来。

我们很想为他人的幸福做出贡献，而真正的幸福在于分享幸福，出版这本书的目的在于资助读书协会的"O Mundo"项目。

朗读小建议

1. 朗读可以随时随地进行，睡前朗读只是众多可能性之一。

2. 抽出时间，营造出安静舒适的环境，和孩子挨得近一点。

3. 保持积极的态度，千万不要对孩子说，"如果不听话，我就不给你讲故事了"。

4. 享受其中，尽量让孩子意识到你也觉得故事很精彩、很有趣。

5. 在朗读的过程中可以时不时地停下来，提完一个问题后也可以稍微停顿一下。

6. 朗读时尽量做到口齿清楚，如果孩子的注意力开始分散，就提一两个小问题使他们集中注意力。

7. 注意语速，要做到时快时慢，模仿各种声音。

8. 不要只盯着书，要时不时地跟孩子有眼神上的交流。

9. 让孩子尽情提问，家长也可以提出问题，和孩子们热烈地交流。

10. 哪怕孩子可以自己看书了，也不要就此停止和他们一起朗读，亲子朗读是不分年龄段的。

目　录

织布鸟

　　织布鸟用小爪子紧紧地抓着树枝，竖起耳朵仔细聆听坐在另一根树枝上的朋友唱歌，"叽叽""叽叽"。

　　突然，一只苍鹭静悄悄地飞快地滑过水面，张开了巨大的尖嘴巴。织布鸟吓坏了，跳了起来。苍鹭一口咬住了树枝，"吧唧"！织布鸟从苍鹭身边逃走了，小心脏扑通扑通地跳个不停。

　　下雨了，织布鸟钻到一片大树叶下面。雨滴滴嗒嗒下个不停，好在织布鸟没有被淋湿。可是如果一会儿雨越下越大，风也越刮越猛，该怎么办呢？织布鸟灵机一动，想到了一个办法："我来筑一个巢，一个非常特别的巢。要是苍鹭再回来，他也进不去；要是下雨，我也淋不湿。"

　　织布鸟找来红色和黄色的树叶、几根芦苇和一些棕色的树枝，用嫩草和嫩枝把找来的材料捆绑起来。那张小小的尖嘴巴别提多灵活了，嗖嗖几下，一个结实的巢就搭好了。苍鹭可别想搞破坏。

　　"叽叽""叽叽"，织布鸟的朋友看着他忙个不停，这么努力地工作，说："我也想要一个这样的巢。"
　　"那就挨着我的巢建呗，"织布鸟说，"这样我们就成了邻居，而我的家也会比现在的更结实、更漂亮。"
　　织布鸟和朋友飞上飞下，飞出去又飞回来，只有到了晚上才休息一下，一天天就这么过去了。

　　再过几天就能完工了。
　　织布鸟问："我们把门开在哪里好呢？"
　　他和朋友瞅了瞅四周，看见苍鹭就站在岸边。

"他肯定想把他那又大又长的嘴巴伸进我们的巢里来，"织布鸟说，"所以我们得想办法阻止他。"

两只小鸟瞪大双眼，你看看我，我看看你。

朋友说："那我们就把巢倒挂在树上，在下面挖个洞，苍鹭就进不来了。"

"真是个好主意！"织布鸟说。

苍鹭又来了，静悄悄地飞快地滑过水面。

呼啦！织布鸟和朋友飞到巢下面，从小洞口钻了进去。苍鹭的大嘴巴砰地一声撞在了树枝上。

"那些美味可口的小鸟都去哪儿了？"

"我们也想要这么一个家！"其他小鸟全都叽叽喳喳地叫了起来。

织布鸟说："那就挨着我们家建呗。这样的话，这里就不是一座小房子，而是一排房子了，一排倒过来的房子！又漂亮、又热闹、又结实！"

小鸟们找来既漂亮又结实的树枝，筑起巢来，就跟人织毛衣似的，用嘴巴和小爪子把细细的枝条和叶子捆在一起。就这样，大树上出现了一排悬在半空中的房子，每所房子下面都有一个小门。苍鹭见到这情景，都快发疯了。现在，每逢下雨天，小鸟房子里就会传出轻轻的叫声，"叽叽""叽叽"，好像在说："你只能听见我的叫声，却看不到我的身影。"

故事讲到这里，你还记得下面这些问题的答案吗？

· 织布鸟害怕什么？

· 他是怎么筑巢的？

· 他的朋友是怎么做的呢？

· 他们是怎么把苍鹭挡在巢外的？

· 织布鸟为什么把他们的巢叫做房子呢？

还有：

· 织布鸟为什么想要筑巢？

· 你从哪里看出织布鸟和他的朋友非常聪明的呢？

· 你有什么样的梦想？

· 你会做出什么样的努力去实现你的梦想？

· 谁能帮到你呢？

"我要筑一个巢！"

梦想幸福小课堂

◎ **明确目标** = 找准目标 一步一步地实现梦想

→ 你如果想到明天、后天或者未来，是会高兴还是害怕呢？幸福的人会梦想着去做令自己幸福的事，制订出计划，好让梦想一步一步地成真，就像织布鸟跟他的朋友一样。小鸟们想把苍鹭和雨水挡在外面，于是就想办法搭一座房子，一刻也不拖延，一起把脑袋里各种各样的想法变成行动，充满了信心，相信自己一定会成功。小鸟们不仅想到自己的幸福，同时也不忘他人的幸福。

→ 给读者的提示：你有什么计划或者目标吗？有什么特别想做的事吗？跟大家一起分享一下吧。

织布鸟到底是谁呢？

· 织布鸟是一种非常善于搭窝的小鸟。织布鸟筑出来的巢各不相同，不过都非常漂亮，形状各异。那些巢通常都一大片一大片地挂在树上，有时候光一棵树上就有三百个。巢穴的入口通常是一个小洞。

· 你知道织布鸟长什么样子吗？你能画出织布鸟和他的巢吗？

大家一起动起来吧！

· 一起来画或者搭几个特别的鸟巢吧！

· 画出一大片云朵，把你的目标和梦想都写进云里面吧。

凤头鹦鹉

"快闭嘴，让我安静安静吧！"凤头鹦鹉冲着在大树下面的灌木丛里玩耍的姐妹们嚷嚷起来。她从那根最高的树枝上摘下了几个坚果，尖尖的嘴巴里还不断发出"我摘我摘"的声音。突然，一个坚果从树上掉了下去。年纪最小的那个妹妹叫了起来："这个坚果好硬啊，你能不能帮我们把它碾碎呢？"凤头鹦鹉竖起红红的头冠，说："自己碾！"

凤头鹦鹉的姐妹们玩起了躲猫猫的游戏。

"躲呀躲呀躲猫猫，谁没藏好，我就来抓谁！"

小鸟们全身长着洁白的羽毛，不过头冠的颜色各不相同，有橙色的、黄色的、绿色的，还有粉色的。

"大家都躲到哪里去了呢？"年纪最小的那个妹妹问。

姐妹们把头冠都藏了起来，这样一来就很难找到她们了。"叽叽叽""喳喳喳"。

突然，一个黄色的头冠翘了起来。

"抓到你啦！"

姐妹们全都大笑起来，只有凤头鹦鹉一动不动。

她仍然待在那根最高的树枝上，红色的头冠竖得笔直。

接着，姐妹们在大树下面的沙子上玩耍起来。她们绕着圈圈玩警察抓小偷的游戏。小粉差点就抓住了小黄。

突然，一只大鸟从大树顶上飞了下来。

那只鸟超级大，一张开翅膀，太阳都被遮住了。

姐妹们一个个都不敢出声，心想：这只鸟会把我们都吃了的。

过了一会儿，太阳出来了。大鸟飞走了吗？姐妹们纷纷抬起头，盯着那根最高的树枝。突然，她们一个个吓得全身僵硬，只见凤头鹦鹉那红红的头冠竖得笔直，全身的羽毛不停地颤抖。"快下来！"姐妹们扯着嗓子大叫起来。天黑了，那只大鸟又飞了回来，渐渐靠近了凤头鹦鹉和姐妹们。这回，他看见了凤头鹦鹉。

"快下来！"姐妹们全都竖起头冠，绕着圆圈飞快地跑了起来，"快躲到这个圆圈中来！"

凤头鹦鹉犹豫了一会儿，最终还是松开了树枝。嗖！嘣！落在了圆圈的中间。大鸟紧追其后，小黄、小橘、小绿和小粉在大鸟跟前跳起舞来，像旋转木马一般转个不停，把大鸟都跳晕了。最后，大鸟无奈地张开翅膀，飞向空中，在大树后面消失了。

"他再也不会回来了。"姐妹们欢呼起来，又是跑又是叫，都累坏了。凤头鹦鹉坐在圆圈中间，头冠耷拉下来，说："谢谢你们，谢谢你们。"

"我们来玩躲猫猫吗？"小绿问。凤头鹦鹉抬头看着她，说："好，真是个好主意。我们一起来玩躲猫猫。要是那只大鸟再回来，我们就一起把他赶走！"

故事讲到这里，你还记得下面这些问题的答案吗？

· 凤头鹦鹉长什么样啊？

· 凤头鹦鹉整天都在忙些什么？

· 凤头鹦鹉的姐妹们最喜欢做什么呢？

· 那只大鸟有什么计划？

· 凤头鹦鹉的姐妹们是怎么赶走那只大鸟的？

还有：

· 凤头鹦鹉为什么不跟姐妹们玩？

· 凤头鹦鹉为什么需要她的姐妹们呢？

· 你通常什么时候喜欢独自待着呢？

· 你喜欢跟家人和朋友一起做些什么呢？

· 怎样才能交到更多的朋友呢？

"我喜欢跟大伙儿待在一起。"

梦想幸福小课堂

◎**良好的人际关系** = 把自己和他人联系起来

→ 幸福是:与他人分享。

幸福是买不来的,要跟他人一起分享。

凤头鹦鹉总是独自待在那棵大树上,一点儿也不幸福。

能够跟别人一起玩、一起合作的人才更加幸福。

小鸟们齐心协力赶走了大鸟。

大家互相帮助,互相支持。

跟大伙儿一起大笑比一个人大笑要开心多了。

→ 给读者的提示:聊一聊你想跟谁一起做些有趣的事吧。

凤头鹦鹉到底是谁呢?

· 凤头鹦鹉的种类繁多,跟鹦鹉是一家人,长得也有点像鹦鹉。凤头鹦鹉这个词源于马来西亚,既有姐姐又有钳子的意思。凤头鹦鹉的嘴巴硬硬的、弯弯的,每只爪子上有四个脚趾:两个朝前,两个朝后。大多数的凤头鹦鹉都是白色的,然而头冠的颜色却各不相同。凤头鹦鹉要是生气了、害怕了或者很兴奋,就会竖起头冠。凤头鹦鹉很喜欢玩闹,也时常制造出许多"噪音"。若是想要赶走其他鸟儿,它们就会竖起头冠,拍打翅膀,蹦来蹦去。

· 问题:怎么才能认出凤头鹦鹉呢?你能画出一只凤头鹦鹉吗?

大家一起动起来吧!

· 和朋友们一起玩躲猫猫游戏吧。

· 把你自己画成一个灿烂的太阳,在每束阳光的尾巴上画一个你熟悉并且很喜欢的人。

信天翁

天黑了，信天翁瞪大眼睛看着四周，却只看到了灰色和黑色的云朵。他张开巨大的翅膀，在空中乘风滑翔起来，一路向前。过了一会儿，他往下降了一点儿，继续前进。然后，信天翁拍了拍翅膀，转着圈圈飞了下去。空中没有星星，也没有别的小鸟，只有乌云和冷冷的风，再就是眼前那深不可测的大海。

"我在这儿干吗呢？"信天翁问自己，接着便唱起歌来。他把这个问题里的几个字颠过来倒过去地唱了一整天："我在这儿干吗呢？我在这里忙着呢。忙什么呢？瞎忙呗。随便转转，做点什么。我在这儿干吗呢？"

嗖的一声，信天翁从空中笔直地落了下去，嘴巴瞄准浪尖，啪的一声，就叼住了一条小乌贼。啊，真好吃！信天翁使劲挥了几下翅膀，飞回了云朵里，又唱起歌来："我在这里忙着呢。忙什么呢？我在这儿干吗呢？"

突然，一道闪电穿过乌云。信天翁盯着那道光，心想："这是太阳吗？不是，那个闪光的东西比太阳小多了，而且就在眼前。"他慢慢地飞了过去。这时，一团黑烟后面出现了一片小小的金色云朵，闪闪发光。信天翁想要靠近那片云朵，可那束光刺得他眼睛生疼，他便转过身，想："那片云朵后面到底是什么呢？"他既没有闻到奇怪的味道，也没有听到什么声音，于是又唱起歌来："我在这儿干吗呢？忙着呢！我要搞清楚那片金色的云朵后面到底是什么！"

信天翁扑腾着强有力的大翅膀，转了个大圈，飞向了云朵的另一边，速度比风还快。然后又突然转身，直冲金色的云朵飞了过去，他飞起来的样子简直比超人还厉害。

嗖！嘣！啪哒！

信天翁穿过那片云朵，这时耳边突然传来了一阵美妙的歌声，眼前出现了一片片白色和红色的云朵。信天翁看见了太阳、星星和月亮，闻到了鱼的味道。啊，到处都是飞腾的鱼儿！

"好美丽的云朵啊！"信天翁张开翅膀，乘着暖暖的风飞了起来，都不用扇动翅膀，就一连飞了好几公里。乌云消失了，信天翁大笑起来："啊，这就是我一直期待的！我在这儿干吗呢？忙着呢！"他又用力扑腾了几下翅膀，宛如一支离弦的箭飞向了空中。他看见了一只小鸟，接着又看见了一只！信天翁问小鸟们："我们做朋友，好吗？"

信天翁再也不想回到那漆黑寒冷的云朵里去了。在这里，他感受到了阳光，嗅到了大海的味道，看到了斑斓的色彩，听到了美妙的音乐。那片红色的云朵背后还藏着一片金色的云朵，咦，还有一片，真是数都数不过来！信天翁想："我要不要穿过那些云朵呢？不，再等一会儿，因为现在我只想飞翔，不停地飞，这就是我一直想做的事。"

故事讲到这里，你还记得下面这些问题的答案吗？

· 信天翁用哪些字编了一首歌？

· 你能用那些字编出多少个句子来呢？

· 信天翁在乌云里看到了什么？

· 信天翁在金色云朵的后面看到了什么呢？

· 信天翁最喜欢做的事是什么呢？

还有：

· 信天翁待在乌云里的时候，提了一个什么样的问题？

· 当你抬头看云朵时，会问自己什么问题呢？

· 为什么信天翁不害怕那片金色的云朵？

· 信天翁是怎么回答"我在这儿干吗呢？"这个问题的呢？

· 你如果飞过一片金色的云朵，希望看到什么呢？

> **"张开眼睛的人，总能看到一片金色的云朵。"**

梦想幸福小课堂

◎ **保持开放的态度** = 成就更强大的自我

→ 如果你感到害怕，把自己跟外界隔离开来，就很难得到幸福。信天翁想找到"我在这儿干吗呢？"这个问题的答案。他带着一颗强大的好奇心，发现即使自己状态再不好，也可以找到一条出路。你也会像信天翁一样，在乌云中发现一片金色的云朵，只要勇敢地穿过去，就会遇见非常美好的事物，交到新朋友，也能找到期待已久的答案。现在，信天翁明白了自己最喜欢做的事是飞翔，这就是他想要的生活。他遇见了好多金色的云朵，乘风滑翔，幸福极了。

→ 给读者的提示：聊一聊你害怕的东西和你的梦想吧。

信天翁到底是谁呢？

· 信天翁是世界上最大的海鸟之一，它的翅膀完全展开时，可以达到 3.5 米宽。信天翁的肩膀上有一个"小锁"（编者注：一片特殊的肌腱，可以固定伸展开的翅膀，以减少肌肉的耗能），当翅膀完全展开时，就不需要再使用肌肉了。信天翁喜欢在大海上飞翔，很善于跟风"玩耍"，有时候，不扇动翅膀就可以飞出好远。只要稍微下降一米，它就又可以前进二十多米。信天翁不喜欢走路，而且也走不好。每隔两年，它们才在偏僻的小岛上搭个窝。

· 问题：我们怎么才能认出信天翁呢？你能画出一只信天翁吗？

大家一起动起来吧！

· 画出或者剪出五片云朵。在两片乌云里画出或者写出你害怕的东西。在另外三片云朵里画出或写出你的梦想。

· 站在一个开阔或者高高的地方，抬头看看云朵。你都看到了哪些图案呢？

卡古鸟

卡古鸟在高高的草丛里走来走去，草尖扎得他肚子好痒，于是便嗖地一声跳到一根树枝上。哎哟！他一不小心被绊倒了，趴在了地上，摔得鼻子生疼。突然，一只可口的蚱蜢出现在眼前，卡古鸟毫不犹豫地奔了过去。蚱蜢猛地跳起来，卡古鸟还没来得及下手，蚱蜢就逃跑了。

卡古鸟瞪大眼睛，灌木丛里还有什么其他好吃的吗？看！一只肥肥的大蜘蛛，就趴在他自己织的网中间呢。卡古鸟呼地一声冲过去，可是蜘蛛突然躲了起来，没了踪影。黏了一鼻子蜘蛛网不说，到现在，卡古鸟竟然什么也没吃到。卡古鸟累坏了，在一堆叶子上坐下来。

这时，卡古鸟看见了爸爸。只见他一动不动，一只脚站在地上，另一只脚藏在羽毛里，远远看上去，就像一支红色的花茎上开着白色的花儿。风儿吹动着爸爸的羽毛，羽毛和灌木丛里的叶子一起摆动起来。爸爸在玩捉迷藏呢！可是谁在找他呢？卡古鸟盯着爸爸，从头到脚看了一遍，只见他嘴巴上面的小孔平静地一开一合。

爸爸为什么一动不动地站在那里呢？他看到卡古鸟了吗？

看到了哦，爸爸朝卡古鸟眨眨眼睛，只有卡古鸟注意到了这个小小的举动。这会儿树林里安静极了，一只黄色的甲虫爬到爸爸的脚趾上。只听嗖的一声，爸爸飞快地把另一只脚从羽毛里抽出来，咯吱一声抓起甲虫塞进嘴里。

原来爸爸
是这么抓小虫的
呀！卡古鸟试着模
仿起来——站在一根粗粗的树枝上，抬起一条腿，并把它贴在肚子上，肚子痒痒的，但他尽量忍住了。一切准备完毕，卡古鸟便低头往下看，把踩在脚下的那根树枝看得清清楚楚。一阵微风吹来，他身上的羽毛微微飘动起来。卡古鸟想："现在我跟爸爸一样，变成一朵花儿了。"嘴巴上面的那个小孔平静地一开一合，一开一合。卡古鸟一动不动，想象着一个温暖的窝、高高的白云和肥大的蜘蛛。

突然，一只毛毛虫爬到卡古鸟脚下的那根树枝上。毛毛虫的背上长着黄绿红相间的条纹，它一会儿弓起身子，一会儿又趴在地上。就这样，毛毛虫在树枝上慢慢地挪动，一点点爬上卡古鸟红色的脚趾。只听嗖的一声，卡古鸟飞快地把另一只脚从羽毛里抽出来，咯吱一声把毛毛虫塞进嘴里。啊，真好吃！

这时，卡古鸟看看爸爸，爸爸吹起口哨来，卡古鸟也跟着唱起来。森林里的小动物们全都竖起了耳朵。"叽叽喳喳""叽叽喳喳"，不一会儿，他俩又安静下来。卡古鸟和爸爸一动不动，什么都逃不过他们的眼睛。

故事讲到这里，你还记得下面这些问题的答案吗？

· 故事最开始时卡古鸟试图去抓哪两种动物？

· 他是怎么做的？

· 他的爸爸是怎么抓甲虫的？

· 卡古鸟抓住了什么呢？

· 他又是怎么做的？

还有：

· 卡古鸟为什么一开始抓不到小虫？

· 卡古鸟看着爸爸，观察到了爸爸的哪些动作呢？

· 他从爸爸身上学到了什么？

· 当卡古鸟一只脚站在地上的时候，他是什么感觉呢？

· 卡古鸟和爸爸为什么在故事的最后唱起歌来了？

"仔细观察，
一动不动！"

梦想幸福小课堂

◎善于发现和欣赏 = 学会观察　欣赏身边的一切

→ 卡古鸟总爱走来走去，叫个不停，把身边的小动物都吓跑了，结果自己也找不到吃的。于是，他仔细观察爸爸的举动，看着爸爸的爪子、羽毛、嘴巴、鼻子，还有眼睛，一个也没落下。爸爸很安静，一动不动地站在那里，只有这样才能抓住甲虫。卡古鸟也想抓住小虫，便学爸爸的样子单脚站在地上，啊，感觉好极了。

卡古鸟会观察，有梦想，还能一动不动地站在树枝上。这样一来，抓小虫也变得简单起来。卡古鸟和爸爸很高兴，于是一起唱起歌来，歌声传遍了整个森林。

→ 给读者的提示：你什么时候会体验到真正的平静？你觉得这个世界上有哪些美好的事物呢？

卡古鸟到底是谁？

· 世界上的卡古鸟已经不多了——还不到一千只。卡古鸟不太善于飞翔，总是在大森林的灌木丛里走来走去。它长着长长的火红的腿、灰白色的羽毛，嘴巴上面还有个小孔，就跟人的鼻孔似的。卡古鸟能一动不动地站在原地，抓住眼前的蚱蜢、甲虫和毛毛虫。小卡古鸟通常不会远离爸爸妈妈，一家人总能轮流唱出美妙的旋律。以前，人们会把卡古鸟抓起来，关在笼子里饲养。

· 问题：怎么才能认出卡古鸟呢？你能画出一只卡古鸟吗？

大家一起动起来吧！

· 在家里找五个你认为最漂亮的东西，把它们画出来。

· 坚持三分钟一动也不动。

河鸟

河鸟伸出嘴巴，拉扯着自己的尾巴，一边拉一边说："我想要一根长长的尾巴。"

"快住手！"妈妈大叫起来，"河鸟的尾巴都是短短的，不信你看看我的，又短又黑。"

"我就是想要长尾巴嘛，"河鸟说，"而且还要有各种各样的颜色：黄色、红色，还有绿色！"河鸟用两条短短的腿在水里踩来踩去，"啪哒""啪哒""啪哒"！羽毛全都湿了，而河鸟还没完没了地嚷嚷着："除了长尾巴，我还想要一个长长的嘴巴和两条长长的腿。"

妈妈叹了口气，看着自己的短腿、短嘴巴、短尾巴和黑色的羽毛，说："漂亮，真漂亮！"

小河鸟跟妈妈长得一模一样。

小河鸟抬起头，看见几只大鸟在高高的云朵里飞翔，展开的翅膀宛如风中的旗帜迎风飘扬。河鸟也张开翅膀，可他的翅膀还没一块小手帕大。他扑腾着翅膀飞过了草地。河鸟想飞得高高的，飞到云朵上面去。翅膀越扑越快，他一股脑冲了下去，掉进了大树旁边的河里。幸好他及时找到一块石头，爬了上去。

河鸟坐在河中央一块湿答答的石头上，把头伸进水里，看见一条粉色的大鱼游了过去，说："我好想变成那条鱼！一条粉色的大鱼，能游好远、好远。"

河鸟在水里扑腾起翅膀来，"啪哒""啪哒""啪哒"！那条大鱼吓得赶紧游走了。河鸟又看见了一只小虾，于是钻进水里，飞快地跟了上去。一张嘴，小虾就进了河鸟的嘴巴里。啊，真好吃！

河鸟爬上岸，看见妈妈正安静地坐在岸边的一块岩石上，他们的窝就在那里。河鸟来到妈妈身边，抖了抖身上的水。他俩一起盯着天空，看见几只大鸟在空中飞来飞去。

　　"别管他们，"妈妈说，"你不是什么大鸟，你是河鸟，能在草地上飞翔。"

　　这时，一条粉色的三文鱼从水里探出脑袋，妈妈又说："你也不是鱼，你是河鸟，能在水面上飞翔，鱼儿就不能。你还能在水下游泳，别的鸟儿可做不到。"

　　妈妈在小河鸟耳边轻声说："只有河鸟才会有这些技能，既可以在空中'游泳'，也可以在水下'飞翔'！"

　　河鸟看着天上的白云，张开翅膀，掠过草地，飞到了河面上。河面一闪一闪的，宛如一面镜子。他看见水中的自己，于是扑腾着翅膀，在空中"游"了起来，然后又嗖的一声飞入水里，一口叼住了一只小虾。

故事讲到这里，你还记得下面这些问题的答案吗?

· 河鸟是怎样看待自己的尾巴、嘴巴和腿的呢?
· 河鸟在高高的云朵里看见了什么呢?
· 河鸟在水里又看见了什么呢?
· 妈妈跟河鸟说了些什么?
· 河鸟都有哪些本领呢?

还有:

· 河鸟为什么想要变成一只大鸟?
· 河鸟为什么想要变成一条鱼呢?
· 你想成为什么呢?
· 你最擅长什么?
· 什么时候你会为自己感到骄傲呢?

"我是一只河鸟，
我很高兴！"

梦想幸福小课堂

◎勇于做自己 = 接受自己　拥有良好的心态

→ 人总会有想要改变的地方。也许你觉得自己太矮或者太高、太胖或者太瘦、太笨或者太傻。河鸟是一只美丽可爱的小鸟，能在水下睁开眼睛，捕捉小虾。可是，当他想成为一只大鸟或者一条大鱼时，就会感到很不幸福。他不是鸟儿，也不是鱼儿，却拥有非常独特的本领：在水下"飞翔"，在空中"游泳"！我们身上总会有一些让自己感到自豪的东西。

→ 给读者的提示：你最满意自己的哪些特点呢？

河鸟到底是谁？

· 河鸟又叫水麻雀，通常住在水流很急的河边。河鸟很小，羽毛不鲜艳，尾巴也很短。它们喜欢吃地上或者河里的小动物，能在水下捕捉食物，特别喜欢吃小虾。河鸟很善于飞翔，即使在水下也能张开翅膀，看起来就跟游泳似的。

· 问题：怎么才能认出河鸟呢？你能画出一只河鸟吗？

大家一起动起来吧！

· 快去游泳吧。

· 把杂志里的图片剪下来，贴在一张白纸上。选择你觉得很漂亮、很可爱、很好玩的事物和人物。作品制作完成后，名字就叫"这就是我"。

凤冠鸟

凤冠鸟坐在一个蛋里，很想出去。"嘟嘟嘟"，他用嘴巴敲了敲蛋壳。"嘟嘟嘟"，好热啊，再敲一下，"嘭"！蛋破了，翅膀还黏在凤冠鸟小小的身体上。

凤冠鸟试着从蛋里爬出来，可是壳壁好滑，一不小心就摔了个底朝天。他紧紧抓住头顶上那两只灰色的大脚，是妈妈！妈妈就坐在小凤冠鸟的头顶上，不过一点儿也不重，还挺暖和的。

突然，妈妈站了起来。小凤冠鸟看着窝外面，微风吹拂着他的羽毛。接着，两个大大的眼睛出现在他面前，还有一张上面趴着一只大蚊子的嘴巴。尽管从来没见过这只鸟，小凤冠鸟还是一下就猜到了：他肯定是爸爸。爸爸把那只大蚊子喂进了小凤冠鸟的嘴里，哎哟，差点没噎着。啊，蚊子还挺好吃的！这时，羽毛屋顶又盖上了，原来妈妈又坐了下来。

"咄咄咄！"
这是什么声音？窝里竟然还有一个蛋！
蛋动了起来，"嘭"！蛋壳裂开了，一只奇怪的小鸟坐在蛋里。
这只小鸟的嘴巴上长着一个黄色的"小球"，想要从蛋里爬出去，可是不小心滑倒了，摔了个底朝天。小凤冠鸟并没有嘲笑他，说："我知道从蛋里爬出去有多难。"那只小鸟微微颤抖起来。

哈！他们头顶上的那个羽毛屋顶又打开了，一阵清凉的微风吹了进来，爸爸又抓来了一只蚊子。好大一只！爸爸顶开小凤冠鸟的嘴巴，把蚊子塞了进去，紧接着又飞走了。

小凤冠鸟把蚊子含在嘴里，他好饿，蚊子很可口，然而小凤冠鸟并没有把蚊子吞下去，而是一步一步地挪向弟弟。只见弟弟直愣愣地盯着他，张开嘴，小凤冠鸟便把蚊子喂了进去。这可是弟弟出生以来吃到的第一只蚊子！"啊，真好吃！"弟弟说道。小凤冠鸟觉得心里暖暖的。

下雨了，窝里很安静，两个小家伙你看看我，我看看你，好想笑。妈妈听到羽毛下面传来一阵阵轻轻的叽叽声。

故事讲到这里，你还记得下面这些问题的答案吗？　　　　**还有：**

· 小凤冠鸟住在哪里呀？

· 他的爸爸妈妈长什么样呢？

· 爸爸拿什么来喂小凤冠鸟呢？

· 当爸爸再次来喂小凤冠鸟蚊子时，小凤冠鸟是怎么做的呢？

· 是什么让小凤冠鸟感到高兴和幸福呢？

· 小凤冠鸟为什么没有取笑他的弟弟呢？

· 小凤冠鸟为什么把蚊子喂给弟弟吃呢？

· 你曾经把什么东西送给别人了呢？

· 什么时候你会觉得把东西送给别人或者跟别人一起分享很难呢？

· 你可以把什么东西送给别人或者跟别人一起分享呢？

"我不想独占一切！"

梦想幸福小课堂

◎给予＝分享　为他人做些事

→ 给予让小凤冠鸟感到幸福。给予不仅仅是送礼物，也可以是帮助他人，帮他人做些事。又或者呢？分享！把自己拥有的一部分东西送给他人。分享的东西，对小凤冠鸟的弟弟来说，一只蚊子就足够了。很多东西都可以拿来分享，比如一个小心意、一个惊喜、帮一个小忙、一份小小的关怀、一点儿时间、拍一拍肩膀、一个好主意……这样，你跟他人之间的纽带就会越来越结实，你也会越来越幸福的。别总想着从他人那里得到回报。想感受到幸福吗？那就为他人做些好事吧。

→ 给读者的提示：跟大家聊聊你最近跟他人分享或者送给他人的东西吧。

凤冠鸟到底是谁呢？

· 凤冠鸟真的存在，全名叫"棕色凤冠鸟"，住在南美的热带雨林里，看上去像一只绿色的野鸡。白天，它们的行为跟火鸡很像，喜欢吃种子、果实和昆虫。遇到危险时，通常不是飞起来，而是急速地奔跑。到了晚上，它们就睡在挂在大树上的用树枝和树叶搭起来的大窝里。它们下的蛋很大，跟椰子果似的。凤冠鸟每年会生一两只小凤冠鸟。

· 怎么才能认出凤冠鸟呢？你能画出一只凤冠鸟吗？

大家一起动起来吧！

· 煮三个鸡蛋，涂上鲜艳的颜色。

· 送点东西给别人吧。

火烈鸟

"我不想飞，"火烈鸟将小翅膀贴紧身体，说，"也不想一只脚站在地上。"

妈妈摸着火烈鸟灰色的羽毛，说："好了，我们得去那个绿色的大池塘了。"

"我不去。"火烈鸟说，"大池塘一点儿都不好玩。"

说完他便躲进了妈妈的两条长腿之间。一抬头，他看见了一团粉色的羽毛，再看看自己，全身都是灰色的绒毛，便嚷嚷起来："我好丑，灰不拉叽的，丑死了，腿也那么短。真讨厌！"说着，火烈鸟就把脑袋藏进了羽毛里。

爸爸和妈妈你看看我，我看看你。

妈妈说："你能说出自己的感受，这很好。我们知道你很伤心、很生气、很害怕。这也是我的感受。我伤心是因为你不愿意飞翔，我生气是因为你不想学着一只脚站立，我害怕你永远都长不大。走，我们去那个大池塘吧。"

"我不去。"火烈鸟固执地说。

妈妈走了，火烈鸟留在了原地。

爸爸也走了，火烈鸟灰色的羽毛在风中摆动。

"我不想被丢下。"火烈鸟大叫起来。

"那就跟我们一起来吧。"妈妈在远处回答道。

火烈鸟往前迈了两步，又停下来。

爸爸和妈妈已经走过了几个小池塘。

火烈鸟问："大池塘还远吗？"

"还远着呢。"爸爸说。

这时风儿吹起口哨来，旋律轻快极了。

爸爸唱起歌来，妈妈唱起歌来，火烈鸟也跟着唱了起来。

爸爸、妈妈和小火烈鸟一起向绿色的大池塘前进。

一走就是几天几夜。

到了晚上，爸爸停下了脚步，一只脚站在地上睡着了。火烈鸟模仿起爸爸的样子来，嘿，竟然没摔倒。

到了早上，爸爸和妈妈想加快脚步，于是拍打起翅膀来。火烈鸟也试了试，学着乘风低飞。

一路上，火烈鸟身上的灰色羽毛越来越少，而漂亮的粉红色大羽毛却渐渐长了出来。现在，火烈鸟的羽毛一半是灰色的，一半是粉色的，腿也越长越长。

其他的小火烈鸟也跟着他们的爸爸妈妈前往那个大池塘，大家又是开玩笑，又是唱歌，玩抓坏人和捉迷藏的游戏，大伙儿都成了好朋友。渐渐地，小鸟们灰色的羽毛全都变成了粉色，看起来和爸爸妈妈一样高大。

啊，终于到了，那个池塘真的好大，池水也好绿。到处都是植物和动物。火烈鸟全身粉红，嘴巴长长的，个头高高大大的。他看了看四周，啊，尽是粉红色的鸟儿，就像一片片粉红的云朵。火烈鸟拍打着翅膀，单脚站在地上。脚下是一片碧绿，头顶上是一片蔚蓝。身边呢？是一片粉红。

故事讲到这里，你还记得下面这些问题的答案吗？

· 在故事的开头，火烈鸟不愿意做什么？

· 火烈鸟的爸爸妈妈要去哪里呢？

· 一路上都发生了什么呢？

· 当火烈鸟到达绿色的大池塘时，他变成了什么样呢？

· 故事的最后，火烈鸟在脚下、头顶上和周围都看到了什么呢？

还有：

· 火烈鸟为什么伤心、生气和害怕呢？

· 火烈鸟的妈妈为什么伤心、生气和害怕呢？

· 你什么时候会伤心、生气和害怕呢？

· 火烈鸟发生了什么样的变化？

· 你希望在哪些方面改变自己呢？

"你看到我的变化了吗？"

梦想幸福小课堂

◎ **情绪管家** = 学会表达自己的感受　保持积极的态度

→ 我们都曾经伤心、生气或者害怕过。每当这时，有个倾诉的对象很重要，这样，我们就能以一种积极态度来面对生活，高高兴兴的，不害怕，不生气。你可以选择去看事物好的一面还是坏的一面。快乐的人会拥有很多朋友、美好的生活。

→ 给读者的提示：你伤心或者生气的时候，是怎么表达自己的感情的？又是怎么使自己重新快乐起来的？

火烈鸟到底是谁？

· 火烈鸟是一种粉色的大鸟，长着长长的腿，能长时间用一条腿站在水里。小火烈鸟的羽毛不是粉色的，而是灰色的。等它们长大一些，大火烈鸟就会带它们去大池塘，池塘的颜色通常是绿色的。去池塘的路大约有二十公里。火烈鸟吃的食物使它们的羽毛渐渐变成了粉色的。对了，火烈鸟喜欢成群结队地生活。

· 怎么才能认出火烈鸟呢？你能画出一只火烈鸟吗？

大家一起动起来吧！

· 你能用一只脚站立多久？

· 做三个面具，一个是高兴的样子，一个是害怕的样子，一个是生气的样子，把它们依次戴起来吧。

美洲鸵鸟

　　"我太胖了。"美洲鸵鸟叹了口气说。他坐在一个大巢里，不过呢，这个巢不是在树上，而是在地面上，又暖和又柔软。在美洲鸵鸟家，是爸爸来负责孵蛋的。这是美洲鸵鸟第一次自己孵蛋，他已经在蛋上坐了好一会儿了。等呀等呀，等着一只小鸟从蛋里探出脑袋来。他要把这只小鸟喂大，还要教他走路和飞翔。可是并没有小鸟从蛋里钻出来，美洲鸵鸟呢，还越来越胖。

　　美洲鸵鸟的妹妹来做客，看到美洲鸵鸟的样子吓了一跳，心想："哥哥怎么变得这么胖了？"
　　"我可以看看那个蛋吗？"
　　美洲鸵鸟提起爪子，抬起沉重的身子。
　　好奇的妹妹用嘴巴轻轻地敲了敲蛋壳，突然大叫起来："你这哪儿是坐在蛋上啊，明明就是坐在一块石头上嘛！"

　　美洲鸵鸟看着那块石头，叹了口气，说："这怎么可能？我怎么会一直坐在一块石头上呢？这样的话，是肯定不会有小鸟出来的，我也就不能喂他吃的，教他走路和飞翔了。"说完，两滴巨大的眼泪掉了下来。

　　"快过来一起玩吧。"妹妹说。
　　美洲鸵鸟一点儿兴致也没有。他的爪子僵硬，脖子和背都生疼。
　　看来是坐得太久了。
　　妹妹问："我们来玩猜谜游戏吧。你扮演一种动物，我来猜是什么。"美洲鸵鸟想让妹妹高兴，于是就跳了一下。
　　"是鸡！"妹妹大叫道，"你在学鸡跳！"
　　"不是。"美洲鸵鸟说着又跳了跳，一上一下跳个不停。
　　"是青蛙！"妹妹又嚷嚷起来，"你在学青蛙呢！"

"不是。"这下美洲鸵鸟跳得更高了，跳过了栅栏。

"是袋鼠！"妹妹兴奋地说。

终于猜对了！美洲鸵鸟坐在地上，叹了口气，说："没错，是袋鼠。"

"快来抓我吧！"妹妹大声叫起来。

屁股还没坐热，美洲鸵鸟就跟袋鼠似的跳过了小广场，朝妹妹跑过去。

"这样跑跑跳跳还挺有意思的。"美洲鸵鸟说，"我好像有点饿了。"

"我们一起去捉蚱蜢吧。"妹妹说。

"好的，我们一起去抓蚱蜢吃。"说完，他俩便像两只蚱蜢似的一起跳向了高地的草丛里。

"一会儿我要坐到一个真正的蛋上去。"美洲鸵鸟说。

"好的，"妹妹说，"我也时不时地来坐一坐。那样你就可以去蹦蹦跳跳了。"

美洲鸵鸟听了，笑了起来。

故事讲到这里，你还记得下面这些问题的答案吗？

· 美洲鸵鸟为什么一直坐在窝里呢？

· 他的妹妹在窝里看见了什么呢？

· 美洲鸵鸟模仿的是什么动物？

· 美洲鸵鸟喜欢吃什么？

· 如果美洲鸵鸟接着孵蛋，妹妹会怎么做呢？

还有：

· 你能模仿哪种动物呢？能让我们看看吗？

· 你什么时候会久坐不动呢？

· 什么样的食物是健康的，什么样的又是不健康的呢？

· 你喜欢哪些运动？

· 你喜欢跟谁一起散步或玩耍呢？

"奔跑、攀登、跳跃！"

梦想幸福小课堂

◎ **身体健康** = 照顾好自己的身体　经常运动　健康饮食

→ 长时间坐着、看电视、玩游戏……这些都是不健康的。你得坚持运动，呼吸新鲜空气。散步、跑步、玩耍、攀登、跳跃、去健身中心、到户外锻炼，这些活动会让你更健康，并感受到幸福。只吃甜食、薯条、薯片和汉堡也是不健康的。你的身体需要水果和蔬菜，还需要大量的水，水要比含糖量很高的饮料好多了。

→ 给读者的提示：给大家讲讲你是如何健康生活的吧。你认为自己还有哪些地方可以改进呢？

美洲鸵鸟到底是谁呢？

· 美洲鸵鸟看起来就像小鸵鸟。一般的鸵鸟每只爪子上有两个脚趾，美洲鸵鸟有三个。美洲鸵鸟的妈妈有时会把五十个蛋放进一个地面上的大鸟巢里，由爸爸来负责孵蛋。等小鸵鸟出生了，爸爸会用六个星期的时间来喂宝宝们吃东西，教它们走路和飞翔。六个星期后，小鸵鸟就独立了。美洲鸵鸟通常和其他动物朋友住在一起，喜欢吃草、胡萝卜、叶子和花儿，小蜥蜴、青蛙和蚱蜢也是它们的最爱。

· 怎么才能认出美洲鸵鸟呢？你能画出一只美洲鸵鸟吗？

大家一起动起来吧！

· 快去锻炼身体吧，去散步、跑步、玩耍、攀登、跳跃……

· 多吃些水果和蔬菜吧！可好吃了呢！

啄羊鹦鹉

啄羊鹦鹉站在一块小木板上，从一座雪山上滑了下去。啊啊啊！差点没撞在一块岩石上。她一个转弯，便在一棵大树的树根旁边停了下来。她用嘴巴叼起那块小木板，飞了回去，把木板放回雪地上推了下去。只见她扑腾着翅膀，落在了木板上，又滑了起来。呼！啄羊鹦鹉滑起雪来了。

当她穿梭在大山里时，她看见一群穿着黄色外套的小朋友伸手指着自己，便张开翅膀，这样小朋友们就能把她羽毛的颜色看得清清楚楚了。啄羊鹦鹉背上的羽毛是绿色的，从上面往下看，她宛如一颗橄榄；肚子上的羽毛是橙色的，从下面向上看，她好似一个橙子。

小朋友们首先看到的是橙色的羽毛，直到啄羊鹦鹉突然翻过身来。
"快看！"小朋友们大叫起来，"那只鸟翻过身来还能继续飞！"
啄羊鹦鹉掠过小朋友们的头顶，啊，好漂亮的绿色，小朋友们全都抬起了头。
啄羊鹦鹉转了个大弯后，又翻了个身——橙色的羽毛回来了。
绿色、橙色、绿色、橙色，啄羊鹦鹉像个陀螺似的在空中不停地旋转。
小朋友们拍起手来，感觉自己就跟在马戏团里看马戏似的。

啄羊鹦鹉微微张开那长长的、弯弯的嘴巴，冲小朋友们飞了过去。呼啦一声，就把一个小朋友头上的红帽子叼走了。她飞到了云朵里，在空中画起画儿来。

小朋友们盯着蓝色天空中那顶红色的帽子。啄羊鹦鹉在云朵里画了两个大圈，组成了一个大大的红色的"8"。

然后她又飞回小朋友们身边，把帽子放在地上，就飞走了。她呼地一声翻了一个大筋斗，羽毛一会儿是橙色，一会儿是绿色，一会儿又变回了橙色。小朋友们全都大笑起来，嚷嚷道："好神奇的鸟儿啊！"

啄羊鹦鹉飞回了大山的窝里，一家人全都站在一棵大树的树根上，其中有五只是绿色的，一只是白色的。啄羊鹦鹉悄悄坐到他们身边，只见小鸟们正用长长的脚趾踢一块小石头玩。小石头上有黑色的点点，就跟一个骰子似的。原来小啄羊鹦鹉在玩游戏呢，真是会找乐子的小家伙。

最小的那只啄羊鹦鹉的眼睛下面有几道黄色的圈圈，使他看起来像个小丑，大山里的小丑。啄羊鹦鹉冲他眨了眨眼，他俩便同时张开翅膀，一起飞走了。他们飞到雪地里的一块小木板上，滑起雪来，接着又翻着筋斗飞起来。

啄羊鹦鹉问："你知道怎么才能叼到一顶帽子吗？"

"不知道。"弟弟说，他眼睛下面的黄圈圈越来越大。

这时，小朋友们的欢笑声从下面传了上来。

故事讲到这里，你还记得下面这些问题的答案吗？

· 啄羊鹦鹉拿那块小木板在雪地里做什么呢？
· 啄羊鹦鹉翅膀上的羽毛都有哪些颜色呢？
· 为什么小朋友们一会儿看到绿色的啄羊鹦鹉，一会儿又看到橙色的呢？
· 啄羊鹦鹉拿那顶红色的帽子做什么呢？
· 弟弟跟啄羊鹦鹉学到了什么呢？
· 怎么才能认出啄羊鹦鹉呢？你能画出一只啄羊鹦鹉吗？

还有：

· 啄羊鹦鹉很聪明，从哪里可以看出来呢？
· 啄羊鹦鹉很滑稽，从哪里可以看出来呢？
· 从哪里可以看出她的家人也很聪明呢？
· 你最近学会了什么新本领吗？
· 你还想学会什么呢？

"我想学会那个本领！"

梦想幸福小课堂

◎勇于尝试 = 保持好奇　好学的态度　不断地成长、学习

→ 啄羊鹦鹉喜欢尝试新事物。她很好奇，看到小朋友们滑雪，也就跟着学起来。她还学着在空中翻筋斗、画画，并且想把这些本领教给弟弟。一直坐着可没意思了，学习新本领，尝试做没有做过的事情会让我们变得强大和幸福。成长和学习是一件很有意思的事。

→ 给读者的提示：你最近学会了什么新本领吗？还想学一些什么呢？

啄羊鹦鹉到底是谁呢？

· 啄羊鹦鹉是一种住在新西兰大山里的大鹦鹉，它们的窝通常都搭在树根上，是世界上最聪明的鸟儿，据说能解谜，而且总是很好奇，也很好学。啄羊鹦鹉很喜欢靠近人类，有时候还会偷东西。它们翅膀上的羽毛一面是绿色的，一面是橙色的。小啄羊鹦鹉的眼睛下面会有黄色的小圈圈。它们很善于玩把戏，虽说不会真的去滑雪或者翻筋斗。啄羊鹦鹉的长相很滑稽，被称为"大山里的小丑"。人们把成群结队的啄羊鹦鹉叫作"马戏团"。

· 怎么才能认出啄羊鹦鹉呢？你能画出一只啄羊鹦鹉吗？

大家一起动起来吧！

· 你想学会什么样的本领呢？要怎样才能学会呢？快行动起来吧！
· 去图书馆里找一本有趣的书吧。

黑雁

黑雁和妈妈一起浮在池塘的水面上。

妈妈说："好冷啊，我们走吧。"

黑雁问："去哪儿呢？"

"去一个温暖的、阳光明媚的地方。到了夏天，我们再飞回来。那时你已经长大了，可以跟我们一起飞了。"

这是黑雁第一次远行，紧张得心怦怦直跳。

妈妈说："我们会帮你挡住大风的，这样你就不用顶风前进了。"

黑雁看着自己那小小的棕色翅膀，而妈妈的翅膀却那么大。

妈妈说："出发啦。"说完大伙儿就都飞了起来。

爸爸飞在最前面，黑色的脑袋在风里驰骋。黑雁们排成两队，跟在爸爸后面，在空中形成了一个大大的"人"字。妈妈飞在"人"的一撇的最后面，黑雁跟在"人"的一捺的尾巴上，使劲地扑腾着翅膀。

突然爸爸飞到了黑雁身后。这会儿谁来领头呢？黑雁看见一个哥哥冲进了风里。爸爸要休息一下，他在风里滑翔起来。

过了一会儿，轮到黑雁领队了。只见大树、房屋和水塘从她的肚子下面掠过。啪啪啪，那对小翅膀把她托在风中。啪啪啪，黑色的小脑袋笔直地伸了出去。黑雁感觉到风掠过自己的羽毛。啪啪啪，哥哥姐姐、爸爸妈妈可以休息一会儿了，黑雁带领队伍继续前进。

一阵大风吹来。黑雁想："不要放弃！继续前进！"

这时妈妈飞过来，拍拍黑雁的翅膀，说："好样的，交给我吧。"

黑雁渐渐放慢速度，穿梭在云朵里，回到队伍的最后面。

妈妈飞到最前面，嘴巴冲着地面，迎风展开翅膀。

整个队伍都放慢速度，伸出爪子，轻轻地落在水面上。

"到了吗？"黑雁问。

"早着呢，"妈妈说，"这个池塘里的水是不是能让你暖和一点儿了呢？"

黑雁咬着水里的一棵植物，深吸一口气，甩了甩翅膀。

爸爸从一条小路上摇摇摆摆地走过来，张开翅膀，像一架飞机似的冲向空中。哥哥姐姐们也跟着飞起来。妈妈看了看黑雁，只有她俩还留在原地。黑雁问："等一会儿我可不可以再当一回领头鸟呢？"

故事讲到这里，你还记得下面这些问题的答案吗？

· 黑雁一家人要飞到哪里去呢？

· 谁飞在队伍的最前面？

· 黑雁们是怎么避免疲劳飞翔的呢？

· 当黑雁飞到队伍的最前面时，发生了什么呢？

· 黑雁喜欢飞在队伍的最前面吗？

还有：

· 黑雁们为什么要飞走呢？

· 黑雁们为什么要组成一个"人"字形呢？

· 你也会像黑雁一样，喜欢飞在队伍的最前面吗？

· 你觉得什么事很难呢？你会坚持下去吗？

"不要放弃!"

梦想幸福小课堂

◎**意志力** = 勇敢　不放弃

→ 有些人遇到困难时很快就会放弃,而故事里的这些黑雁却很懂得坚持,通过轮流带队飞行来互相支持,这样,每只黑雁就都得到了休息的机会。风很大,黑雁虽然还很小,却使足了劲头。就这样,她渐渐学会了战胜困难,喜欢上了领头飞翔。轻易放弃的人肯定不会过得很幸福。

→ 给读者的提示:你什么时候会变得非常勇敢呢?你从故事中学到了什么呢?

黑雁到底是谁呢?

· 黑雁是一种大鹅,有一米高,翅膀展开时也将近一米宽,属于候鸟。到了冬天,气候变冷,它们就会飞到温暖的地方去,到了夏天再飞回来。黑雁的羽毛是棕色的,脑袋和脖子是黑色的,能飞好久好久,可勇敢了。在飞行的过程中,黑雁会组成一个"人"字形队伍,轮流带队飞翔。

· 怎么才能认出黑雁呢?你能画出一只黑雁吗?

大家一起动起来吧!

· 出去跑跑、跳跳吧。找个蹦蹦床,上去跳一跳吧。

· 你擅长哪些本领?怎么才能做得更好呢?

还有哪些好主意呢？

来一起讨论讨论吧：

· 你觉得这本书里的哪只小鸟最有意思？

· 你会想跟哪只小鸟做朋友呢？

· 哪只小鸟最需要你的帮助？

· 把这本书里所有的小鸟全都画出来吧。

· 把这本书里的小鸟的本领也全都画出来吧。

· 把这本书里所有小鸟的特征集中到一只大鸟身上，把这只大鸟画出来或者用硬纸板、黏土做出来。

· 仔细观察你家附近的小鸟。它们都在干吗呢？它们都叫什么名字？

· 去参观一所自然博物馆或者一座动物园吧。

· 鸟儿们之间都有哪些区别呢？

· 下载一些鸟叫声，一边听故事，一边听鸟叫声。

· 这本书里每只小鸟的故事都能为你的幸福生活添砖加瓦。把杂志里有小鸟的图片剪下来。

· 画一幅画、剪几张图片，每当看到它们你就会感觉幸福无比。

· 从这些小鸟身上你都能学到什么，并且使自己与他人都变得幸福起来呢？

看鸟！

· 带上望远镜，花上一点儿时间去家附近看鸟吧！

我们分享幸福

· 真正的幸福在于分享幸福，出版这本书的目的在于资助读书协会的"O Mundo"项目。